Petra Schnabl-Kuglitsch
**Anastasius**
Anastazij

Petra Schnabl-Kuglitsch
Anastasius / Anastazij

Illustrationen / Ilustracije: **Ana Grilc**
Aus dem Deutschen übersetzt von / Iz nemščine prevedel: **Richard Grilc**
Lektorat des slowenischen Textes / Pregled slovenskega besedila:
**Valentin Logar**
Layout / oblikovanje: **HercogMartini**
Notensatz / Notografija: **Tadej Lenarčič**

© 2023 Hermagoras Verlag / Mohorjeva založba, Klagenfurt/
Celovec – Ljubljana/Laibach – Wien/Dunaj

Gesamtherstellung / izdala, založila in tiskala:
**Hermagoras Verein / Mohorjeva družba, Klagenfurt/Celovec**

ISBN 978-3-7086-1284-3

Petra Schnabl-Kuglitsch

# Anastasius
## Anastazij

Mit Bildern von / ilustrirala:
**Ana Grilc**

Aus dem Deutschen übersetzt von / iz nemščine prevedel:
**Richard Grilc**

Mohorjeva
Hermagoras

# Inhalt · Kazalo

Anastasius · Anastazij  7
Der Bäcker hier ist wohlbekannt · Domači pek, ga vsak pozna  10
Das Boot es gleitet ... · Moj čoln  15
Anastasius sammelt Steine · Anastazij kamne zbira  18
Hoppla hopp · Hopla hop  23
Die Ameisen · Mravljice  26
Törötötö · Taratata  31
Sehnsuchtslied · Hrepenenje  36
Angst kann geh'n · Strah naj gre  40
Anastasius bist ein großer Held · Anastazij, pravi si junak  45

# Anastasius
## Anastazij

Anastasius, dieser Schelm,
trägt tagtäglich seinen Helm.
Einen, der ihn gut behütet,
darunter er Geschichten brütet.
Einen, der ihn stets begleitet und
der niemals mit ihm streitet.
Der ihm niemals sagt: Sei still!
Wenn grad Papa reden will.

*Anastasius, bist ein kleiner Schelm!*
*Trägst tagtäglich deinen bunten Helm,*
*der dich stets begleitet, niemals mit dir streitet,*
*der dir niemals sagt:*
*Sei still! Wenn grad Papa reden will.*
*Anastasius, bist ein kleiner Schelm!*

Anastazij, fantič zvit',
je s čelado rad pokrit.
S tako, ki ga prav zaščiti in
za zgodbe plete niti.
Spremlja ga po vsaki vasi,
spor pa se nikdar oglasi.
Ne besed kot: „Tih, bod' ti,
če zdaj očka govori!"

*Anastazij, ti si fantič zvit,*
*si s čelado lepo rad pokrit.*
*Hodiš z njo po vasi,*
*spor se ne oglasi.*
*Nič besed kot: „Tih bod' ti,*
*če zdaj očka govori!"*

# Anastasius

*Musik+Text: Petra Schnabl-Kuglitsch, Aus: Anastasius, Verlag Hermagoras/Mohorjeva, Klagenfurt/Celovec 2023*

# Anastazij

*Glasba + besedilo: Petra Schnabl-Kuglitsch, iz: Anastazij, Mohorjeva založba/Hermagoras, Celovec/Klagenfurt 2023*

# Der Bäcker hier ist wohlbekannt
## Domači pek, ga vsak pozna

In der Schule und beim Bäcker
immer ist sein Helm dabei,
Zuckerreinkerln schmecken lecker
und vom Kand gibt's allerlei!

Pri pouku in sladici
tam čelada zraven je.
Slastno voha po potici,
čokolado pa poje!

*Der Bäcker hier ist wohlbekannt. Man kennt ihn gut im ganzen Land. Zeitig in der Frühe macht´s ihm keine Mühe. Er schiebt das Brot hinein für Groß und für Klein. Aus Mehl und Wasser wird der Teig von ihm geknetet zu dem Laib. Wenn wir ihn dann schmecken, diesen feinen Wecken, dann riechen wir den Duft in morgenfrischer Luft.*

*Domači pek, ga vsak pozna, Evropa, pa še Afrika!*
*Rad že zgodaj vstane, zbujajo ga vrane,*
*da speče kruh za vse, za te in za me.*
*Iz moke, vode bo testo in hitro gnete vse lepo.*
*Kruh zares bo slasten, pa še malo masten,*
*zavoha ga prav vsak – jutranji pekov zrak.*

# Der Bäcker hier ist wohlbekannt

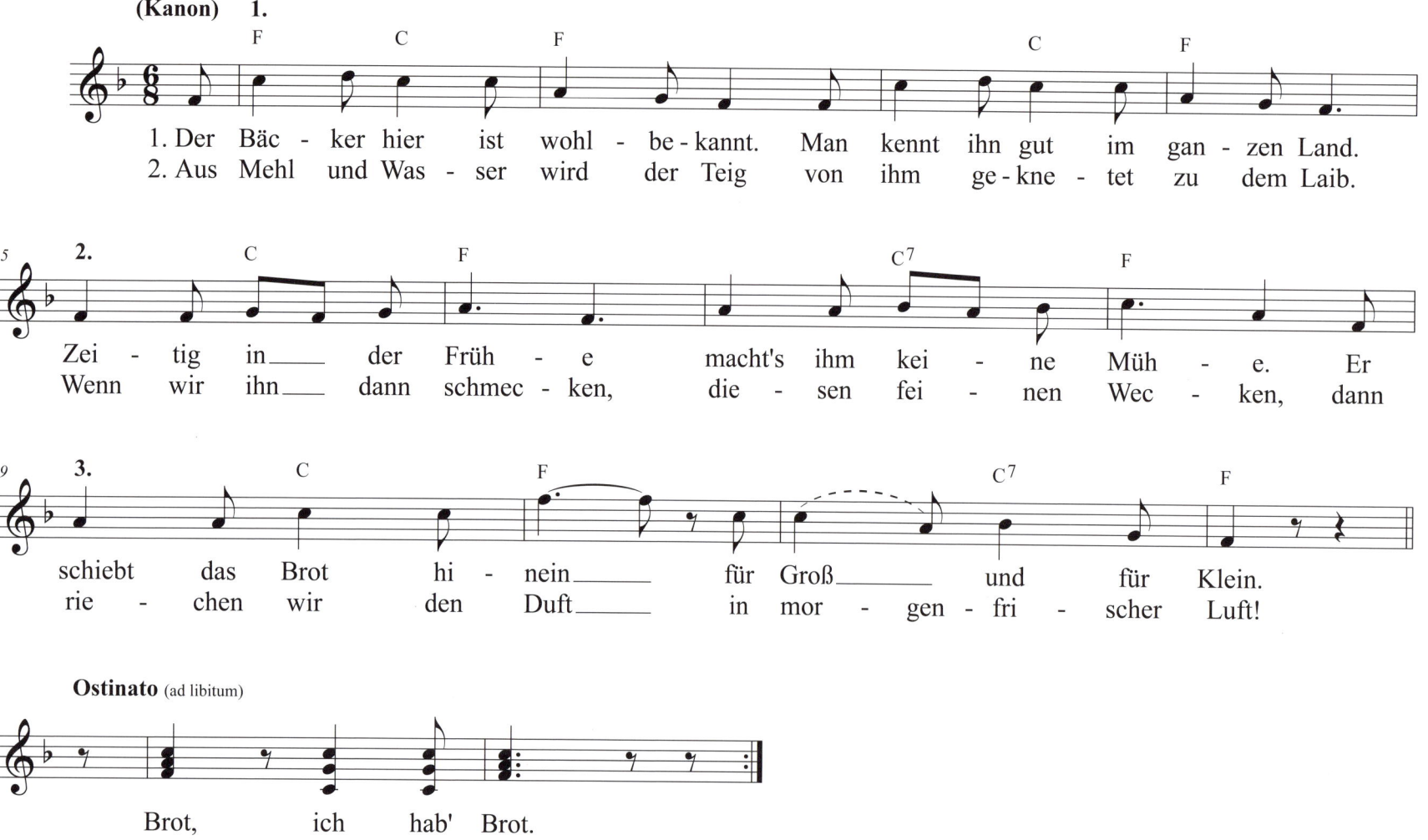

1. Der Bäcker hier ist wohlbekannt. Man kennt ihn gut im ganzen Land. Zeitig in der Frühe macht's ihm keine Mühe. Er schiebt das Brot hinein für Groß und für Klein.

2. Aus Mehl und Wasser wird der Teig von ihm geknetet zu dem Laib. Wenn wir ihn dann schmecken, diesen feinen Wecken, dann riechen wir den Duft in morgenfrischer Luft!

Ostinato (ad libitum): Brot, ich hab' Brot.

*Musik+Text: Petra Schnabl-Kuglitsch, Aus: Anastasius, Verlag Hermagoras/Mohorjeva, Klagenfurt/Celovec 2023*

# Domači pek, ga vsak pozna

*Glasba + besedilo: Petra Schnabl-Kuglitsch, iz: Anastazij, Mohorjeva založba/Hermagoras, Celovec/Klagenfurt 2023*

# Das Boot es gleitet ...
## Moj čoln

Auch am Spielplatz ist er froh
und beim Baden ebenso,
wenn er dort auf seinem Boot
Fische fängt in deren Not,
um nach sanfter Streichelei
sie zu geben wieder frei.

Na igrišču je vesel,
in če plava, bi rad pel.
Kavelj, mreža, črv in čoln,
oh, od rib je čisto poln.
„Riba bolje, da živi!"
in jo fantek spet spusti.

*Das Boot es gleitet sanft dahin.*
*Die Fische schwimmen im Wasser d'rin.*
*Ich möchte einmal fühlen,*
*im Wasser, diesem kühlen,*
*die flinken Tierlein schon,*
*die flinken Tierlein schon.*

*Po jezeru moj čoln binglja,*
*po vodi plava ta ribica!*
*Le rade bi čutile,*
*v vodi se hladile,*
*živahne ribice,*
*živahne ribice!*

# Das Boot es gleitet …

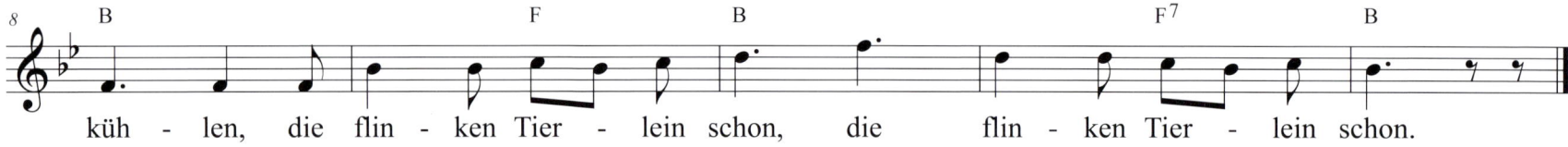

*Musik+Text: Petra Schnabl-Kuglitsch, Aus: Anastasius, Verlag Hermagoras/Mohorjeva, Klagenfurt/Celovec 2023*

# Moj čoln

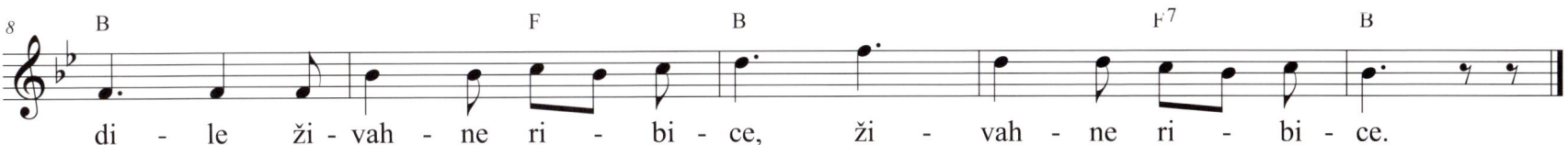

*Glasba + besedilo: Petra Schnabl-Kuglitsch, iz: Anastazij, Mohorjeva založba/Hermagoras, Celovec/Klagenfurt 2023*

# Anastasius sammelt Steine
## Anastazij kamne zbira

Anastasius sammelt Steine:
kleine, große, eckig, rund.
Baut damit die schönsten Türme,
malt sie gelb, grün, rot und bunt.

Anastazij kamne zbira.
„To je srebro in … zlato!"
Mojster gradnjo zdaj nadzira
in pobarva vse lepo.

*Anastasius sammelt Steine:*
*kleine, große, eckig, rund.*
*Baut damit die schönsten Türme,*
*malt sie gelb, grün, rot und bunt.*
*(Ostinato) Ana-Anastasius bist ein kleiner, kleiner Schelm.*
*Ana-Anastasius trägst tagtäglich deinen Helm!*

*Anastazij kamne zbira.*
*„To je sebro … in zlato!"*
*Mojster gradnjo zdaj nadzira*
*in pobarva vse lepo.*
*(Ostinato) Ana-Anastazij, ti si mali fantič zvit,*
*Anastazij si s čelado rad pokrit.*

# Anastasius sammelt Steine

Musik+Text: Petra Schnabl-Kuglitsch, Aus: Anastasius, Verlag Hermagoras/Mohorjeva, Klagenfurt/Celovec 2023

# Anastazij kamne zbira

*Glasba + besedilo: Petra Schnabl-Kuglitsch, iz: Anastazij, Mohorjeva založba/Hermagoras, Celovec/Klagenfurt 2023*

# Hoppla hopp
## Hopla hop

In die Lacke springt er toll,
Matsch und Gatsch sind wundervoll.
Regenwürmer liebt er sehr,
schwenkt sie auf und hin und her.

Skok v lužo, na potep!
Vidi črva: „Kak' je lep!"
Črv se zvija sem ter tja,
fant veselo gleda ga.

*Hoppla hopp! Hoppla hopp!*
*Wie es plitscht und wie es*
*platscht! Hoppla hopp!*
*Hoppla hopp! Achtung,*
*Los, gematscht, gegatscht!*
*Regenwürmer schwenken,*
*ihre Richtung lenken, hoppla*
*hopp, hoopla hopp, hin und*
*her und hopp!*

*Hoppla hopp! Hoppla hopp!*
*Wie es plitscht und wie es*
*platscht! Hoppla hopp!*
*Hoppla hopp! Achtung, Los,*
*gematscht, gegatscht!*
*In der Erde wälzen, mit den*
*Stiefeln stelzen, hoppla hopp,*
*hoppla hopp, hin und her*
*und hopp!*

*Hopla hop! Hopla hop!*
*Dela plič in dela plač!*
*Hopla hop! Hopla hop!*
*Hitro, zdaj, še flič in flač!*
*S črvi se zabavam,*
*v lužah rad jaz plavam.*
*Hopla hop! Hopla hop!*
*Sem ter tja in hop!*

*Hopla hop! Hopla hop!*
*Dela plič in dela plač!*
*Hopla hop! Hopla hop!*
*Hitro, zdaj še flič in flač!*
*Ta umazanija*
*se po škornju zliva.*
*Hopla hop! Hopla hop!*
*Sem ter tja in hop!*

# Hoppla hopp

*(2. Stimme ad libitum)*

*Musik+Text: Petra Schnabl-Kuglitsch, Aus: Anastasius, Verlag Hermagoras/Mohorjeva, Klagenfurt/Celovec 2023*

# Hopla hop

*(2. glas ad libitum)*

*Glasba + besedilo: Petra Schnabl-Kuglitsch, iz: Anastazij, Mohorjeva založba/Hermagoras, Celovec/Klagenfurt 2023*

# Die Ameisen
## Mravljice

Klatscht die Hand zurück und vor
auf dem kleinen Ameisberg,
„Essig, Öl", spricht mit Humor
immerfort der kleine Zwerg.

„Essig, Öl und Öl und Essig",
sachte dreht er seine Hand,
herrlich riechend und ganz lässig
hockt er da, beinah galant.
Schafft es, seine Hände fort
mit dem Duft zu tränken,
den die vielen flinken Tiere
Anastasius schenken.

Ploska v roke dol in gor,
po mravljišču vse hiti.
„Olje, kis in pa humor!"
škrat zavpije, se smeji.

„Olje, kis in kis in olje,"
mirno roke položi.
„Vse razvija se na bolje,"
misli fant, ko tam čepi.
Oh, kak' roke zdaj diše!
Rožnat veter pihne.
„Mravljin vonj prekrasen je,"
Anastazij kihne.

# Die Ameisen

*Musik+Text: Petra Schnabl-Kuglitsch, Aus: Anastasius, Verlag Hermagoras/Mohorjeva, Klagenfurt/Celovec 2023*

# Mravljice

*Glasba + besedilo: Petra Schnabl-Kuglitsch, iz: Anastazij, Mohorjeva založba/Hermagoras, Celovec/Klagenfurt 2023*

# Törötötö
## Taratata

Wenn der Herbst die Blätter bunt
durcheinanderwirbelt,
Anastasius Stund' um Stund'
sie zu Röllchen zwirbelt,
um alsbald mit hohem Ton durchzublasen,
welch ein Lohn!

Veter, ta jesenski glas,
kakšna simfonija!
Anastazij pa ves čas
list za listom zvija.
In ta listek zdaj nam da,
zvok, kot ga piščal le zna!

*Törötötötötötö, Törötötötötötö! 3x*

*Taratatatatata, Taratatatatata! 3-krat*

# Törötötö

*(Mit Zeigefinger und Daumen einen ringförmigen Trichter formen und beim Singen vor den Mund halten - Trompete nachahmen)*

*Musik+Text: Petra Schnabl-Kuglitsch, Aus: Anastasius, Verlag Hermagoras/Mohorjeva, Klagenfurt/Celovec 2023*

# Taratata

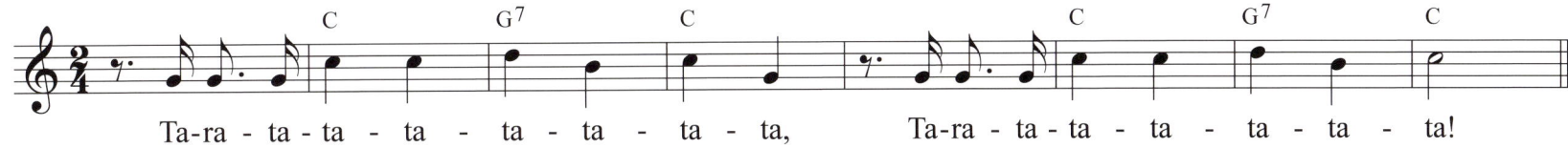

*(S kazalcem in palcem oblikuj lijak in ga – oponašajoč trobento – pri petju nastavi na usta.)*

*Glasba + besedilo: Petra Schnabl-Kuglitsch, iz: Anastazij, Mohorjeva založba/Hermagoras, Celovec/Klagenfurt 2023*

Kinder mag er von der Ferne,
schaut und hört von weitem zu,
wenn sie wild und durcheinanderlaufen,
toben ohne Ruh,
ja, dann lacht er laut und lauter,
fühlt sich beinah in der Rund'
sieht sich plötzlich als vertrauter Freund
der Kinder mit dem Hund.
Anastasius kennt sie alle,
Mira, Niklas und den Kai,
auch Charlotte und Alina,
klein Matteo, Nikolai,
Goran, Clara, Agnes, Simon,
Ana, Ela, Fabian, Bert,
Noah, Felix und auch Timon,
Magdalena und den Gert.
Dunja, Luca, David, Lenka,
Angela im gelben Kleid,
Enzo, Tobi, Emma, Zdenka
und den aufgeweckten Veith!

Mulce mara bolj od daleč,
gleda, sliši vsak smehljaj,
divji pri otroški igri,
to je pravi direndaj!
Pa na usta smeh priskaka,
saj pri igri je zdaj vmes!
Veselica je zdaj taka,
mara ga celo črn pes!
Anastazij ve imena:
Mira, Niklas pa še Kai,
tam Charlotte in Alina,
mal' Matteo, Nikolaj.
Enzo, Clara, Agnes, Simon,
Ana, Ela, Fabian, Bert,
Noah, Felix pa tud' Timon,
Magdalena pa naš Gert.
Dunja, Luka, David, Lenka
Angela v zlatem vsa,
Enzo, Tobi, Ema, Zdenka,
Vid pa mulce tud' pozna!

# Sehnsuchtslied
## Hrepenenje

Nur ein liebes kleines Mädchen
sieht er heut' zum ersten Mal.
Hinter einer großen Linde
lugt es vor in seinen Schal
eingehüllt und sich versteckend,
so dass niemand es bemerkt,
zitternd sich die Finger leckend,
seine Furcht sich nur verstärkt.

Malo dekle zdaj zagleda,
ki za lipo skriva se,
velik šal in usta bleda.
Kaj naj punčki le pove?
Strahopetna, bojazljiva,
tiho ona tam sedi,
solze iz oči poliva,
kak' se punca žalosti.

1. Ach, wie so gerne möcht' ich mutig und tapfer sein, mitten im großen Ozean wilde und furchtlos schrei'n, fliegen mit den stärksten Stürmen und Wolken ohne Zahl. Doch meine Angst sie lässt es mich kein einzig Mal.
2. Wenn alle Kinder springen, toben und lustig sind, steh ich allein am Gartentor, weil keinen Mut ich find'. Wollte sein, wie Robin Hood, oder wie ein General. Doch meine Angst sie lässt es mich kein einzig Mal.

---

1. Ah, rada b'la bi hrabra,
neustrašna vila,
sredi velikega morja
glasno, divje vpila!
Potovala z vetrovi,
oblakov mehki čar!
A ta moj strah ne mine,
danes in nikdar!
2. Če mali se igrajo,
divjajo, kar se da,
sama ob vrtu tam stojim,
tiha, osamljena!
Hočem bit' kot Robin Hood,
pustolovka in vihar!
A ta moj strah ne mine,
danes in nikdar!

# Sehnsuchtslied

*Vorspiel und Zwischenspiel*

1. Ach, wie so ger - ne möcht' ich mu - tig und tap - fer sein,
mit - ten im gro - ßen O - ze - an wil - de und furcht - los schrei'n,
flie - gen mit den stärk - sten Stür - men und Wol - ken oh - ne Zahl.
Doch mei - ne Angst sie lässt es mich kein ein - zig Mal.

2. Wenn al - le Kin - der sprin - gen, to - ben und lus - tig sind,
steh' ich al - lein am Gar - ten - tor, weil kei - nen Mut ich find'.
Woll - te sein wie Ro - bin Hood, o - der wie ein Ge - ne - ral.

*Musik+Text: Petra Schnabl-Kuglitsch, Aus: Anastasius, Verlag Hermagoras/Mohorjeva, Klagenfurt/Celovec 2023*

# Hrepenenje

*Predigra in medigra*

1. Ah, ra-da b'la bi hra-bra ne-u-stra-šna vi-la,
2. Če ma-li se i-gra-jo, div-ja-jo, kar se da,

sre-di ve-li-ke-ga mor-ja gla-sno, div-je vpi-la!
sa-ma ob vr-tu tam sto-jim, ti-ha, o-sam-lje-na!

Po-to-va-la z vetro-vi, o-bla-kov meh-ki čar!
Ho-čem bit' kot Ro-bin Hood, pu-sto-lov-ka in vi-har.

A ta moj strah ne mi-ne, da-nes in nik-dar!

*Glasba + besedilo: Petra Schnabl-Kuglitsch, iz: Anastazij, Mohorjeva založba/Hermagoras, Celovec/Klagenfurt 2023*

# Angst kann geh'n
## Strah naj gre

Anastasius fasst geschwinde wagemutig den Entschluss
und läuft schnurstracks zu dem Kinde, dem er jetzo helfen muss!
„Ich bin Anastasius, hab nur keine Angst vor mir!
Diesen bunten schönen Helm hier, ja, den schenk ich heute dir.
Setz ihn auf, du wirst gewahren, er ist immer dein Begleiter,
er beschützt dich vor Gefahren, in der Not hilft er dir weiter."
Welch ein Leuchten kehrt nun endlich in des Mädchens Äugelein,
als der Junge ganz behände ihm gibt seinen Helm allein.
Und es fasst ihn bei der Hand, kommt hervor, erst zögerlich,
bis es schließlich hat erkannt: „Dieser Helm behütet mich!"

Anastazij se odloči,
žlahtni, plemeniti zmaj!
Kaj naj jamranje po toči?
Punci res pomagat', zdaj!
Anastazij se predstavi:
„Bati se ti nimaš kaj!
Ta čelada te ozdravi,
dami dam jo v roke zdaj."
„Daj na bučko si čelado
in junakinja boš prava!
Kaj bi zdaj še s to navado?
Strah ti dela le še glava!"
Res, očesa zdaj žarijo,
punca je hvaležna vsa,
smeh in solze se borijo,
ko ji fant čelado da.
Punca mu zdaj roko da,
negotova, saj ne ve …
Končno pač le res spozna,
da čelada varuh je!

*Angst kann geh´n, Angst geht ins Licht,
Angst lässt mich frei. (4x)*

---

*Strah naj gre, strah gre v luč,
strah me spusti. (4-krat)*

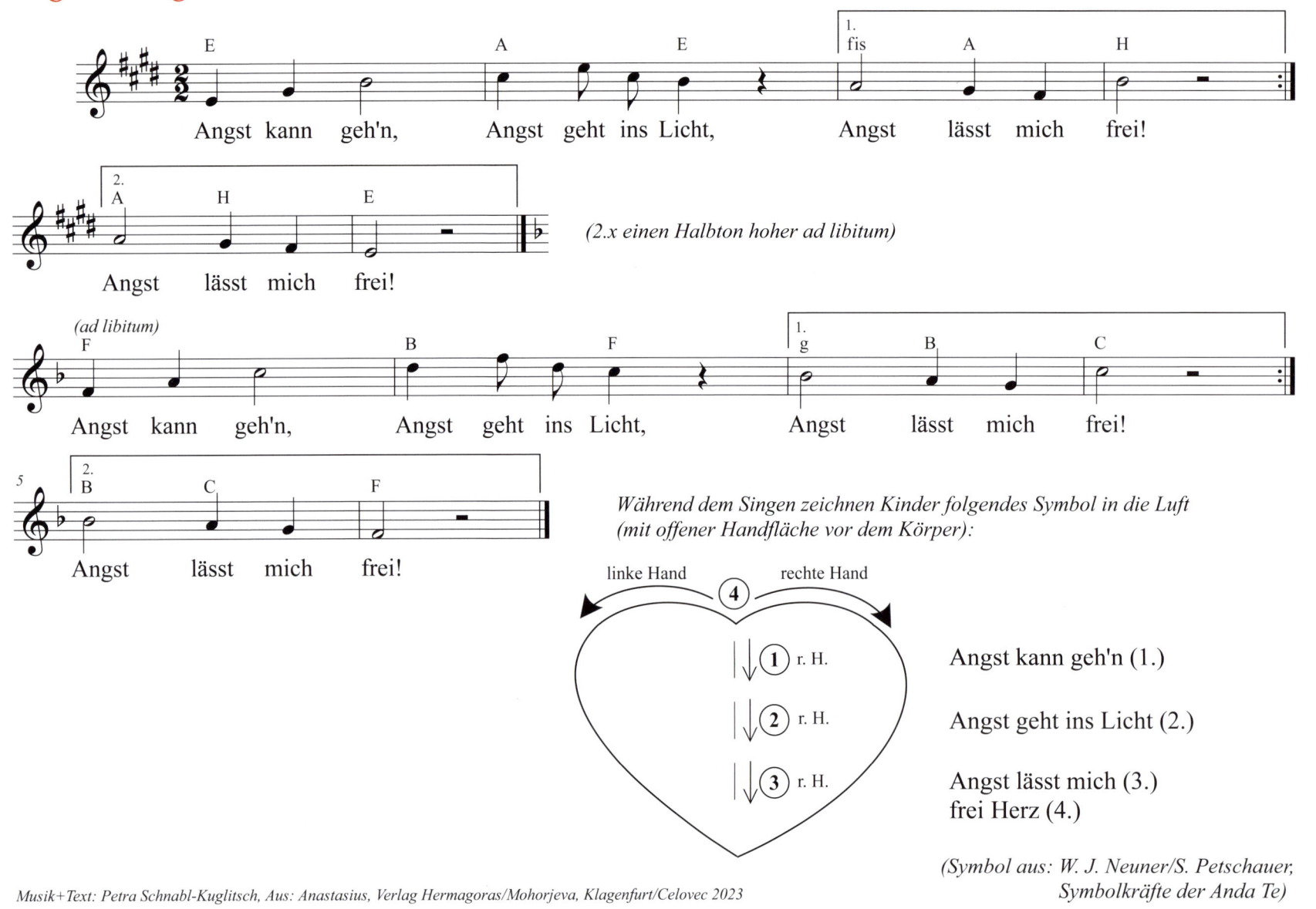

# Angst kann geh´n

Angst kann geh'n, Angst geht ins Licht, Angst lässt mich frei!

Angst lässt mich frei!

*(2.x einen Halbton höher ad libitum)*

*(ad libitum)*

Angst kann geh'n, Angst geht ins Licht, Angst lässt mich frei!

Angst lässt mich frei!

Während dem Singen zeichnen Kinder folgendes Symbol in die Luft (mit offener Handfläche vor dem Körper):

Angst kann geh'n (1.)

Angst geht ins Licht (2.)

Angst lässt mich (3.)
frei Herz (4.)

*(Symbol aus: W. J. Neuner/S. Petschauer, Symbolkräfte der Anda Te)*

*Musik+Text: Petra Schnabl-Kuglitsch, Aus: Anastasius, Verlag Hermagoras/Mohorjeva, Klagenfurt/Celovec 2023*

# Strah naj gre

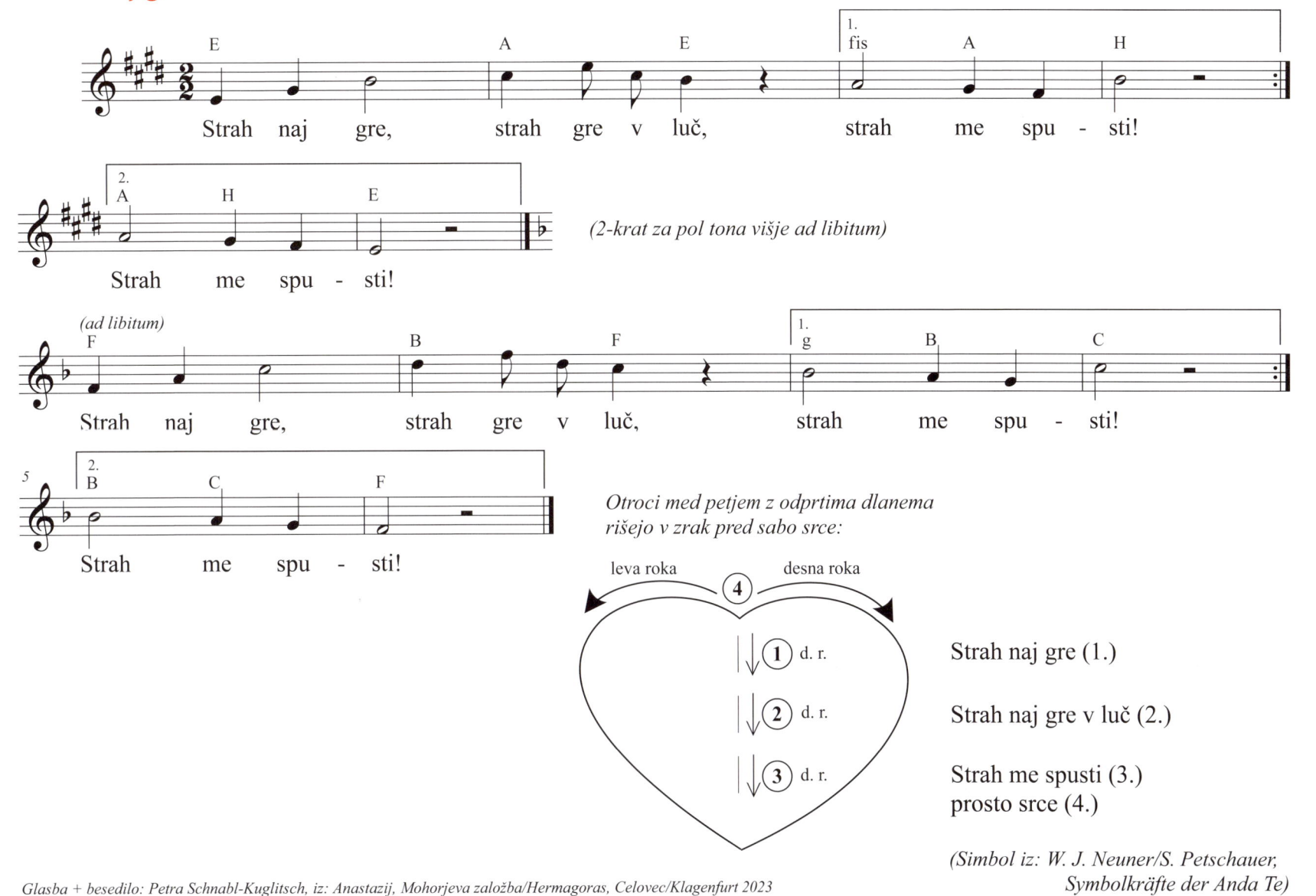

*Strah naj gre, strah gre v luč, strah me spu - sti!*

*Strah me spu - sti!*

(2-krat za pol tona višje ad libitum)

(ad libitum)

*Strah naj gre, strah gre v luč, strah me spu - sti!*

*Strah me spu - sti!*

*Otroci med petjem z odprtima dlanema rišejo v zrak pred sabo srce:*

leva roka — desna roka

Strah naj gre (1.)

Strah naj gre v luč (2.)

Strah me spusti (3.)
prosto srce (4.)

*(Simbol iz: W. J. Neuner/S. Petschauer, Symbolkräfte der Anda Te)*

*Glasba + besedilo: Petra Schnabl-Kuglitsch, iz: Anastazij, Mohorjeva založba/Hermagoras, Celovec/Klagenfurt 2023*

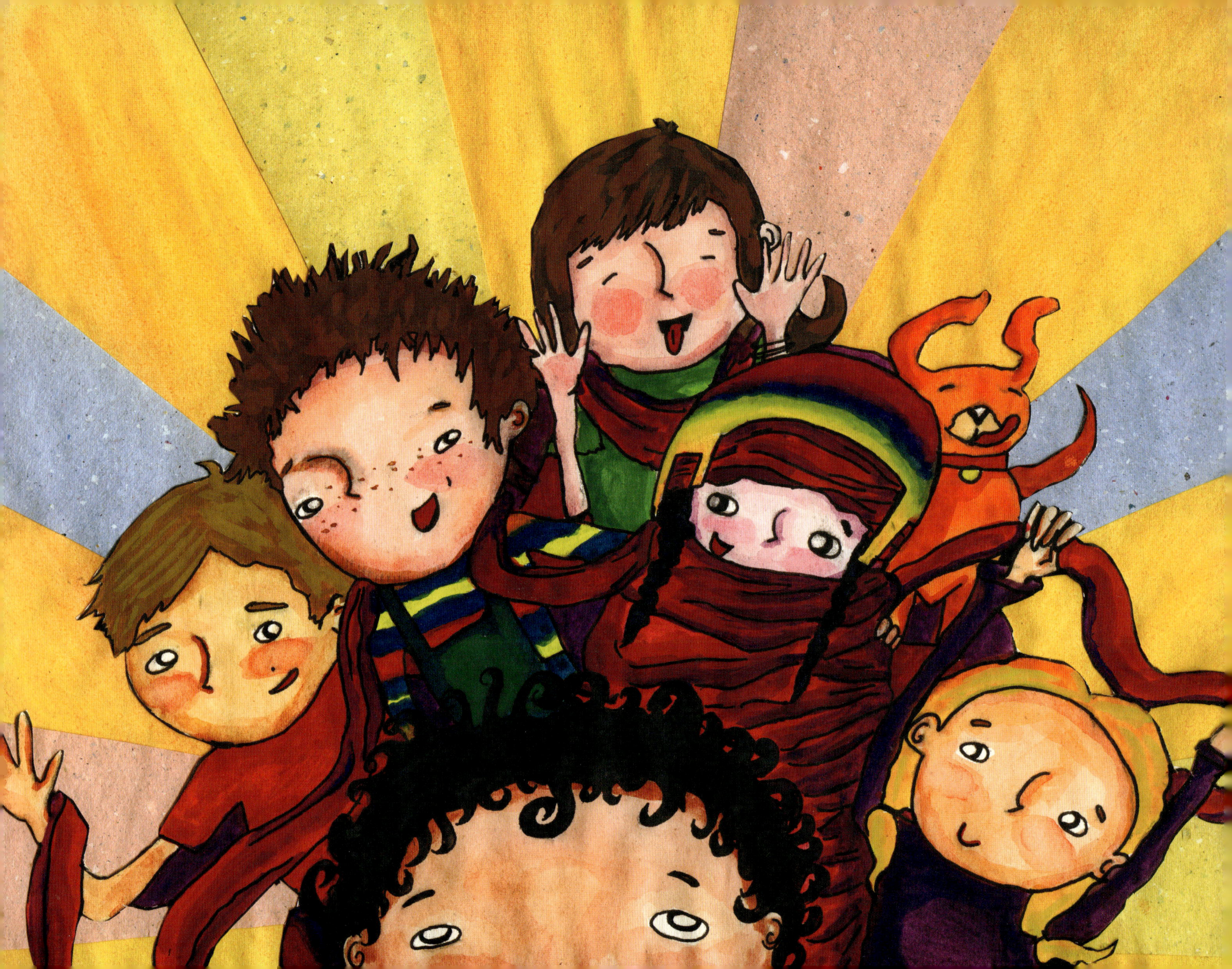

# Anastasius bist ein großer Held
## Anastazij, pravi si junak

„Rosa heiß' ich!", spricht es leis,
„woll'n wir mit den Kindern spielen?"
Allzumal auf dies Geheiß
laufen beide zu den vielen
Jungen und den Mädchen hin.
Springen, toben, jauchzen, singen –
Anastasius mittendrin!
Welch ein Jubel, welche Freud!
Nie hat er den Schritt bereut!

*Anastasius bist ein großer Held! Deine Tat wohl Groß und Klein gefällt! Hast dich überwunden, Mut und Kraft gefunden. Kannst nun über viele Sachen mit den Kindern herzlich lachen. Anastasius bist ein großer Held!*

„Rosa moje je ime,"
tiho dekle govori.
„Igra, to je moja stvar!"
In z otroki zdaj nori.
Anastazij ji sledi.
Fantje, punce, vsak vesel,
Anastazij se igral,
skakal, plesal in še štel!
Zdaj mu nič, prav nič ni žal!

*Anastazij, pravi si junak! Pustolovec, silen si orjak!*
*Strah se zdaj razruši, poln poguma v duši.*
*Srečen, nasmejan se treseš, vse veselje zdaj odneseš.*
*Anastazij, pravi si junak!*

# Anastasius bist ein großer Held

I. A-na-sta-sius bist ein gro-ßer Held! Dei-ne Tat wohl Groß und klein ge-fällt! Hast dich ü-ber-wun-den, Mut und Kraft ge-fun-den, kannst nun ü-ber vie-le Sa-chen mit den Kin-dern herz-lich la-chen. A-na-sta-sius bist ein gro-ßer Held!

II. (ad lib.) A-na-sta-sius, A-na-sta-sius, bist ein gro-ßer Held! A-na-sta-sius, A-na-sta-sius, dei-ne Tat ge-fällt! Hast dich ü-ber-wun-den, Mut und Kraft ge-fun-den, kannst nun ü-ber vie-le Sa-chen mit den Kin-dern herz-lich la-chen. A-na-sta-sius, A-na-sta-sius, bist ein gro-ßer Held!

*Musik+Text: Petra Schnabl-Kuglitsch, Aus: Anastasius, Verlag Hermagoras/Mohorjeva, Klagenfurt/Celovec 2023*

# Anastazij, pravi si junak

I. Anastazij, pravi si junak! Pusto-
II. (ad lib.) Anastazij, Anastazij, pravi si junak! Anastazij,

lovec, silen si orjak! Strah se zdaj razruši,
Anastazij, pravi si junak! Strah se zdaj razruši,

poln poguma v duši. Srečen, nasmejan se treseš, vse veselje
poln poguma v duši. Srečen, nasmejan se treseš, vse veselje

zdaj odneseš. A - na - sta - zij, pra-vi si ju-nak!
zdaj odneseš. Anastazij, Anastazij, pravi si junak!

*Glasba + besedilo: Petra Schnabl-Kuglitsch, iz: Anastazij, Mohorjeva založba/Hermagoras, Celovec/Klagenfurt 2023*

*Foto: Hubert Dohr*

Die 1970 geborene Kärntnerin **Petra Schnabl-Kuglitsch** studierte Musik- und Instrumentalmusikpädagogik an der Universität für Musik und darstellende Kunst in Wien und stand von 1992–2006 an der Spitze des Grenzlandchores Arnoldstein. Sie war maßgeblich am Aufbau der Kinder- und Jugendstimmbildung in Kärntens Musikschulen beteiligt und konnte im Rahmen ihrer Unterrichtstätigkeit viele Musiktheater-Projekte realisieren. Ihre pädagogischen- und gesangstechnischen Erfahrungen gibt sie als Referentin in der Erwachsenenbildung weiter (sehr gerne auch für die Einstudierung der Anastasius-Lieder) und singt in ihrem Vokal-Quartett MundART mit Vorliebe Volkslieder in deutscher und slowenischer Sprache. Die Autorin kann außerdem für Anastasius-Lesungen samt Liedvortrag von Kindergärten oder anderen Einrichtungen gebucht werden. (schnabl-kuglitsch@gmx.at) Tonaufnahmen der Anastasius-Lieder sind geplant.

*Petra Schnabl-Kuglitsch*, rojena 1972 na Koroškem, je študirala glasbo in instrumentalno pedagogiko na Univerzi za glasbo in upodabljajočo umetnost na Dunaju ter med letoma 1992 in 2006 vodila zbor „Grenzlandchor Arnoldstein" (Podklošter). Pomembno je prispevala k razvoju in uveljavitvi oddelka za izobrazbo glasu otrok in mladih pri Koroški glasbeni šoli in kot učiteljica petja uresničila številne projekte glasbenega gledališča. Kot referentka za izobraževanje odraslih posreduje svoje pedagoške izkušnje, predvsem izkušnje s področja tehnike petja, odraslim in otrokom (zelo rada se bo z vami naučila tudi Anastazijeve pesmi iz te knjige) ter poje pri vokalnem kvartetu „Mundart", kjer najraje prepevajo ljudske pesmi v nemškem in slovenskem jeziku. Otroški vrtci in druge ustanove jo lahko povabijo, da bo brala iz knjige in se z otroki tudi naučila peti pesmi v knjigi (schnabl-kuglitsch@gmx.at). Prav tako bodo pripravljeni tonski posnetki pesmi iz te knjige, ki bodo dostopni na spletu.

*Foto: Stefan Reichmann*

Die Kärntner Slowenin **Ana Grilc** wurde 1999 in Villach geboren. Sie studiert an der Universität für Angewandte Kunst im Fach KKP sowie an der Universität Wien im Fach PP. Sie ist Vorstandsmitglied des Klubs slowenischer Student*innen in Wien (KSŠŠD). Als Teil des feministischen Regiekollektivs »Feminem MaxiPad« (gemeinsam mit Julija Urban) hat sie die Leitung zweier Figurentheatergruppen inne. 2020 gewann sie den Newcomer-Preis der Stadt Klagenfurt für ihre Kurzgeschichte „Der Leichenfresser". 2022 erschien ihr erstes Buch „Wurzelreißer:innen" im Hermagoras Verlag. 2023 belegte Grilc den 1. Platz des Literaturwettbewerbs des Mölltaler Geschichtenfestivals und wurde mit dem Literaturpreis des Landes Kärnten für Kurzgeschichten ausgezeichnet.

*Ana Grilc* se je leta 1999 rodila v Beljaku. Študira na dunajski Univerzi za uporabno umetnost. Je odbornica Kluba slovenskih študentk*študentov na Dunaju (KSŠŠD) in je kot del feministične režijske ekipe Feminem MaxiPad (skupaj z Julijo Urban) vodja dveh lutkovnih skupin. Leta 2020 je prejela literarno nagrado za novince_ke mesta Celovec. Leta 2022 je izšla njena prva knjiga „Wurzelreißer:innen" pri Mohorjevi založbi. Leta 2023 je osvojila prvo mesto literarnega festivala zgodb doline Mele in prejela literarno nagrado za kratke zgodbe dežele Koroške 2023.

*Foto: Rosina Katz-Logar*

**Richard Grilc**, geboren 1963, ist beruflich als Tierarzt tätig. Er ist Regisseur von zahlreichen Puppenspielaufführungen und Autor von Stücken, Gedichten und Liedern für das Puppentheater. Richard Grilc verfasste das Drehbuch für die slowenische Fernsehserie „Mihec in Maja", die beim Hermagoras-Verlag auch in Buchform erschienen ist.

*Richard Grilc*, rojen 1963, po poklicu živinozdravnik. Režiser številnih lutkovnih predstav, avtor lutkovnih iger in pesmic. Napisal je scenarij za televizijsko nadaljevanko „Mihec in Maja", ki je izšel tudi v knjižni obliki pri Mohorjevi založbi v Celovcu.